Detlow, Wo Werra sich und Fulda küssen oder
ging von Neuhaus nach Holzminden

Karl-Otto Detlow

....

Wo Werra sich und Fulda küssen

... oder ging von Neuhaus nach Holzminden

> Bleib' in den Stiefeln, Mensch,
> so lange als möglich.
> Wilhelm Raabe

Impressum:
© Karl-Otto Detlow, 2013.

Herausgeber: Verlag: tredition GmbH, Hamburg
Autor: Karl-Otto Detlow

Verlag: tredition GmbH, Hamburg
ISBN: 978-3-8495-6929-7
Printed in Germany

Das Werk, einschließlich seiner Teile, ist urheberrechtlich geschützt. Jede Verwertung ist ohne Zustimmung des Verlages und des Autors unzulässig. Dies gilt insbesondere für die elektronische oder sonstige Vervielfältigung, Übersetzung, Verbreitung und öffentliche Zugänglichmachung.

Bibliografische Information der Deutschen Nationalbibliothek:
Die Deutsche Nationalbibliothek verzeichnet diese Publikation in der Deutschen Nationalbibliografie; detaillierte bibliografische Daten sind im Internet über http://dnb.d-nb.de abrufbar.

Vor zweihundert Jahren erschienen die Märchen der Brüder Grimm. Es bietet sich an, auch die Landschaft, in der viele dieser Geschichten entstanden oder spielten, ins Gedächtnis zu rufen.

Ich liebe die Gegend zwischen Hameln und Kassel, den Solling, den Reinhardtswald, die Sababurg, die Trendelburg, die sanften bewaldeten Berge. Sie ist mir zweite Heimat geworden. Mögen die Texte das zum Ausdruck bringen.

K.-O. Detlow

WENN EINER EINE REISE TUT ...

Urlaub

Gelingt es mir,
mich loszuwerden,
abzustreifen alte Haut,
gelingt auch er.
Doch kann die Häutung
schmerzlich sein,
vor allem dann,
wenn der Prozess
gelungen
und sich 'n Dreck
der Alltag darum
kümmert.

Urlaubsgruß an einen Freund

Da sage einer
das sei Wahrheit,
was du findest
auf der Ansichtskarte.
Selbst die Sonne
ist retuschiert
und erst recht
der Himmel.
So gibt es ihn
ja nicht mal
an der Riviera.
Glaube nicht, dass hier
der Wald so grün ist,
nur die Schiffe
auf dem Fluss,
die Ausflugsdampfer,
sind wirklich so weiß.

Brief

Du, mit der Sonne
ist es nichts.
Viel Regen und Wind.
Wirkt natürlicher die Natur
bei diesem Wetter.
Wusste gar nicht mehr
wie grün Brennnessel sind
oder Breitwegerich.
Auch braune Schnecken
hätt ich nicht gesehen,
wenn's trocken wär.
Bin viel gewandert.
Kann gut danach schlafen;
besser als mit
dem Bauch voll Bier.
Meine Badehose
kann ich wieder so
in den Schrank legen.
Wenn ich sie dann
betrachte zu Haus,
ungebraucht und trocken,
denk ich an einen
gelungenen Urlaub.

Im Biergarten morgens

Ich wollte dir
Briefe schreiben,
solche, weißt du,
ohne Hast,
ich wollte dir
all das sagen,
was sich im Laufe
der Zeit aufstaut
in einem,
was gesagt werden will
und immer wieder
verschoben wird.
Wenn nicht jetzt
unter der Kastanie
im Biergarten morgens,
nach frischdurchruhter
Nacht,
dann gelingt es nie.

Weite Fahrten

Kam aus Spanien zurück,
mein Bekannter,
ein anderer aus Schweden,
der Dritte aus Marokko.
Kündigten ihr Kommen
mit randlosen
Glanzpostkarten an.
Ich verbrachte den
Urlaub auf dem Dorf
an der Weser.
Bin Wege gegangen,
weiter als nach Marokko
oder Schweden.
Jahre brauchte ich,
sie kennen zu lernen,
Jahrzehnte, um
zurückzufinden;
fand manches nicht wieder.
Kann kaum daran glauben,
dass auf dieser Erde
nichts verloren geht.

Rückkehr

Als ich wiederkam
nach vielen Jahren
und all das suchte,
was mir Erinnerung
zu finden auftrug,
fand ich gar nichts mehr,
nicht mal 'nen Kieselstein
im Bach als Briefbeschwerer,
denn ich traute mich nicht,
die trübe Flut zu teilen,
die schwarz und giftig
selbst mein Spiegelbild
zerfraß.

***

Der Gleichgültigkeit ein
Schnippchen schlagen,
darum
jetzt ein Gedicht.

***

Wenn es stimmt,
dass nichts verloren geht
auf dieser Erde,
dann sind die Blumen,
die wir vergeblich suchen,
aufgeblüht in den Gedichten
sogenannter Alltagsdichter.

Im Wald

Manchmal, wenn ich
achtlos einen Stein
in die Hand nehme,
ihn fortwerfe,
denke ich,
so leicht kann man
Alter, Erfahrung, Ehrfurcht,
von sich werfen,
so leicht geht das
und schmerzlos ist´s,
denn Steine sollen
ja gefühllos sein.

Urlaubstag

Heute sollte ich wandern
oder die Stiftskirche in
Bad Gandersheim besichtigen,
sollte etwas Vernünftiges tun

Sollte?

Gibt es Vernünftigeres als
eine alte Hose anzuziehen,
ausgelatschte Schuhe,
sich auf die Bank zu setzen
und in den Himmel zu sehn?

Sonntagmorgen im Solling

Den Waldesdom
nehm ich euch ab,
ihr Dichter.
Ging von Neuhaus
nach Holzminden
an einem Sonntagmorgen
und hörte die Orgel,
die meine Seele
wachsen ließ
über die sonndurchwirkten
Wipfel der Bäume
hinaus.

Grabenstraße Holzminden

So tauchst du alle
hundert Jahre auf,
wie in der alten Sage
und findest Stein und Holz
und altes Fensterkreuz
und Stolpersteine
der Vergangenheit.

Wo Werra sich und Fulda küssen,
Sie ihre Namen büßen müssen.
Und hier entsteht durch diesen Kuss
Deutsch bis zum Meer der Weserfluss.

Hann. Münden 1899

Weserlied

Hier hab ich so manches liebe Mal
Mit meiner Laute gesessen
Hinunterblickend ins tiefe Tal,
Mein selbst und der Welt vergessen!
Und um mich klang es so froh und hehr
Und über mir tagt es so helle!
Und unten brauste das ferne Wehr
Und der Weser blitzende Welle.

Wie liebender Sang aus geliebtem Mund
So flüstert es rings durch die Bäume.
Und aus des Tales off'nem Grund
Begrüßen mich nickende Träume.
Und um mich klang es froh und hehr
Und über mir tagt es so helle!
Und unten brauste das ferne Wehr
Und der Weser blitzende Welle.

Da sitz' ich auf's neue und spähe umher
Und lausche hinauf und hernieder:
Die holden Weisen rauschen nicht mehr,
Die Träume kehren nicht wieder.
Die süßen Bilder wie weit, wie weit!
Wie schwer der Himmel, wie trübe!
Fahr' wohl, fahr' wohl, du selige Zeit,
Fahrt wohl, ihr Träume der Liebe.

Franz von Dingelstedt

Vor einer alten Kirche

Versuchen
diesen Anblick
schön zu finden,
gewissermaßen
dann auch
Einblick.
Im Kirchgemäuer
Alter suchen.
Lässt Staunen wachsen
fünfhundert Jahr und so.
Hat sich gehalten
Stein und Furcht,
doch wo blieb Glaube?

Waldweg bei Rühle

Dieser Weg,
alt wie ein Märchen,
scheint zu den
sieben Bergen
zu führen,
dorthin,
wo Zwerge
Schönes
in Glassärgen
sammeln.
Führt weg
von sauberen
toten Chausseen,
verliert sich
in Kurven,
verweilt an Plätzen
mit riesigen Eichen.
Selbst Eidechsen
auf dem heißen Sand
haben noch
Vertrauen zu ihm.

Tag in Höxter

(Für Helga)
Ich werde diesen Tag
nicht so rasch vergessen,
diesen Tag im Sommer in Höxter.
Du gingst mit deiner Mutter bummeln,
kauftest dir neue Sachen,
dachtest an die Kinder,
brachtest ihnen Nützliches mit.
Ich saß auf der Bank am Marktplatz,
umgeben von Geranien, Hunden
und Menschen in hellen Kleidern.
Die Sonne schien ins Buch
mit Härtlings Gedichten.
Ich hatte es gerade gekauft,
und die Welt wurde neu und hell.
Die Gedichte Härtlings,
in dieser Stunde gelesen,
gaben mir Hoffnung, die fast
so groß war wie deine.
Du kauftest dir und den Kindern
Sachen für Herbst Winter und
künftige Zeiten.
In mir wuchs ein Gedicht.
So wurde in uns beiden Hoffnung
groß an diesem Tag in Höxter,
der alten Stadt an der Weser,
die wir gemeinsam nie wieder
besuchen werden.

Auf dem Köterberg

Natürlich kann ich
tiefsinnig seufzen,
die Hände vors
Gesicht legen,
mich ärgern
über den Qualm,
der aufsteigt,
wirtschaftlichen Aufstieg
jener Stadt dort
dokumentierend,
die aus Dornröschenschlaf
gerissen von Stadtvätern,
von wegen Arbeitsplatzbeschaffung
und Gewerbesteuern,
weil sie gelesen einst
in grimmigen Märchen
zu welchen Abenteuern
Armut reizt,
und hinterfotzig schleicht
mir ins Gehirn
wie dieses Tal wohl
paradiesisch wirkte
als jene Märchen
ungeschrieben waren.

Blick auf den Reinhardtswald

Kann den Blick
so leicht nicht wenden
von dem, den aufgebaut
so hoch da droben einer.
Färbte leis sich
wie die Felder
längst sich färbten,
über deren leeren Plan
immer noch
die Schwalben jagen.
Und der Fluss,
deutsch bis zum Meer,
wälzt seine dunklen
Wogen vor sich her
und ist jener Fluss,
den besang, sitzend
wo mit seiner Laute,
vergessener Dichter.

Kann den Blick
nicht von dir wenden
aufgebaut
so hoch da droben.

Kloster Bursfelde

Lädt förmlich dazu ein
dieses Tal,
eine Klause zu bauen,
abzuschirmen sich
von aller Welt.

Lädt zu Einkehr ein
der friedvolle Fluss
und die sanften Berge.

Sie bauten das Kloster,
lassen heute noch ahnen
nach tausend Jahren,
wieviel Hoffnung
sie bauten in
Stein und Gemach.

Bursfelder Sommerkonzert

Als sie Querflöte spielten,
die vier jungen Frauen,
- das Andante F-Dur von Mozart -
widerhallte fein das
tausendjährige Gemäuer.
In mir wuchs etwas empor,
unbenennbar,
von Bestand möglicherweise
vor langer Zeit -
es welkte rasch,
als ich ins Licht trat
und die Busse die Menschen
entführten
in ihre Städte.

Musik im Bursfelder Kloster

Auch das ist heute
noch möglich:
Eine Stunde Erbauung,
Klang der Motetten,
für diese alten Mauern gemacht.
Als ich wieder ins Freie trat,
stand der Himmel niedriger,
die Schwalben in ihm
schienen eine Sendung zu haben,
und die Berge waren sich
ihrer schirmenden
Bestimmung bewusst.

Nachts in Bursfelde

Stimmen mir
unbekannter Tiere
im Dunkel der Nacht;
Vögel vermutlich.
Sie dokumentieren,
dass immer Leben
vor sich geht.
Ein halber Mond
wirft Silber
in den Fluss,
der seine dunklen Wasser
dem Meer zuführt.
Ewiges Gleiten und
Sichentfernen.
Es tut gut, diesen
nächtlichen Tönen
zu lauschen,
die mit Lärm
nichts zu tun haben.

Vor der Abreise

18 Uhr. Keine Lust mehr zum Lesen.
Könnte etwas Praktisches tun,
z.B. Koffer packen
oder wenigstens alles ordnen,
damit es morgen schneller gehe,
könnte mich nützlich machen
statt auf dem Bett zu liegen.

Wie schnell der innere Schweinehund
das bisschen Urlaubssubstanz auffrisst
und nicht mehr die Stundenglocke hört,
jene aus dem Königsberger Dom,
gerettet aus den Wirren des Krieges,
aufgehängt wieder im alten Gemäuer
des Bursfelder Klosters.

Im Bramwald

Gäbe es das
ferne Grollen nicht,
gewissermaßen
Aufbegehren
der Technik,
flüsterten
nur Stimmen,
die schon
dem Auerochsen
geläufig waren.

Bramburg

Zum Schutze gebaut
überwucherte rasch
ihre eigene Macht sie,
Räubernest auf der Höhe
des Bramwaldes.
Längst zerfallen
decken Bäume zu,
was wieder einmal
allzu menschlich endete.
Kein hehres Ritterlied
im Herbstrausch der Bäume,
ein Wispern nur
von der Unzulänglichkeit
menschlichen Tuns.

Wandertag

Heute ein Tag
ohne Sensationen.
Ging zum Totengrund,
zur Teufelsschlucht,
zur Todeskurve.
Sah einen Zaunkönig,
der seine flügge Brut
in die Geheimnisse
der Warnrufe einweihte,
einen Waschbären, der
keine Seltenheit mehr ist
und künftig bejagt werden soll.
Saß in der Köhler-Liesel-Hütte,
während eine Boeing plump
an den Himmel schrieb:
Rotkäppchen komme
nicht mehr vorbei.
Lief ca. zwanzig km
und genoss abends die Sensation
eines völlig ruhigen Zimmers,
spürte wieder was wirklicher
Schlaf ist.

Blick auf Helmarshausen

Vor Jarhunderten
haben die Bürger
hier die Zeit
eingemauert.
Ihre Flucht von den
steilen Dächern
endet in winkligen
Gassen.
Bürgerlichkeit blinzelt
aus niedrigen Fenstern
und wischt sich den Lärm
der Bundesstraße
als Staub aus den Augen.
In den Bogen der Diemel
sinnt die zerfurchte
Krukenburg.
Ihr Antlitz lehnt
stumm gegen die Zeit.

Karlshafen

Gebaut von Menschen,
die wegen ihres
Glaubens vertrieben;
Einschiffungshafen
später
für die,
die von ihrem
Landesherrn
verkauft.
Heute unter
Denkmalschutz.

Im Antiquitätenladen

Betrachte alte
Postkarten
und ertappe mich
bei dem Gedanken,
wie wohnlich
Großstädte waren
in den Anfängen
der Fotographie.

An der Weser

Die Zeit ist
langsam rinnender Staub,
den meine Füße zertreten.
Drüben im Dunst
Lippoldsberg.
Der Sommer breitet
seine Felder
an den Hängen aus.
Wind begütigt Ähren,
die der Regen demütigte.
Der Fluss ist hier
noch graue Provinz,
unberührt von der
salzigen Wahrheit der See.
Geduldig folgt er dem Lauf,
den ihm die Berge
vorschreiben.
Abends sinkt er
in Wälderträume
und verleitet Mücken
zu tanzendem Spiel;
dann werden Schwalben
belohnt für die Mühe des Tages.

Hann. Münden

Weiße Wolken über alter Stadt,
in blauer Täuschung klebend.
Genauso war es vor Jahrhunderten,
als sie noch gar nichts kannte
von dreißig- oder siebenjährigem Krieg
oder gar vom tausendjährigen Reich,
aber alle versetzten ihr Schläge.

Schau ich herab
auf diese alte Stadt,
such ich den Ausdruck
für unwandelbar.

Mittag Hann. Münden

Ein Himmel wie er
selten Urlaubern
geschenkt wird,
Bussarde genießen
geradezu schamlos
die Freiheit.
Ohne Flügelschlag
drehn sie sich
hoch und höher,
dann im Blau verschwimmend.

Tilly - Schanze / Hann. Münden

Hier ritzte ein Mädchen
vor dreißig Jahren
seinen Namen in
meine Haut.
Staunend lese ich ihn
wieder und wundere
mich, wie klar sich
die Schrift erhalten hat.

Geschrieben 1981

Schöner Anblick

Alles Gespreizte aufgeben,
sich nicht wehren,
etwas schön zu finden,
was so einfach ist,
dass unser kompliziertes
Innenleben sich fragt,
ist das schön oder
nur herrlich naiv,
um das Wort Kitsch
geistreich zu umspielen?

Frage

Dass ich heute bemerkte,
wie sich der Ahorn färbte,
eine Kastanie auflas,
ihr Braun mit dem meines
Hundes vergleichend,
werde ich morgen noch wissen.
Aber wie ist es mit dem
beruflichen Ergebnis
des heutigen Tages,
von dem ich,
wie man so sagt,
lebe?

Eiscafe im Bad Sooden

Im Garten des Eiscafes
die Zeitung zu lesen
ist lästig.
Leiser Windhauch
schlägt sie mir
aus der Hand.
Was will er damit sagen?

Aussichtsturm Allendorf

Dieser Blick auf die
Dächer der Altstadt
weckt nicht Sehnsucht
nach Vergangenem noch
nostalgische Gefühle.
Er schärft das Auge
lediglich für Dinge,
die Bestand haben.

Allendorf / Werra

Führe ein Geldmagnat
seine Pferdestärken
durch die engen Straßen,
er träumte bestimmt davon,
den Leuten hier zu zeigen
was zeitgemäße
Unterkünfte sind,
um nicht das schöne Wort
Sanierung zu gebrauchen.

Doch geradezu sentimental
von Denkmalschutz zu sprechen,
wo jeder Winkel nach Rendite schreit.

Allendorf

Vor dreißig Jahren
erschien diese Straße mir
wie eben Straßen so waren
in hessischen Landstädtchen
und ließen viel hundert
Jahre über sich ergehen.
Jetzt ist ihre glatte
Gleichgültigkeit
den Autos angepasst
und **könnte** so sein
in Bremen Vahr oder auch
in Hamburg Mümmelmannsberg,
den neuen Heimaten
der Menschen.

documenta 7 / Kassel

Diese Quadratmeterkunst
sollte monumenta heißen
oder arrogenta,
aber was solls,
bin gewiss zu alt
oder werde wieder
kindisch,
wenn ich Schönheit
suche oder Kunst
oder wenigstens
sowas wie Können.

***

Wie die Künstler
sich mühen,
ihre Ohnmacht
auf die Leinwand
zu bringen
und wie diese sich wehrt,
Können in Kunst
zu verwandeln.

Urbana Kassel

Allein der Versuch
sich von der Uniformität
zu befreien,
wieder ein Fensterkreuz
zu bauen,
mühevoll
oder sollte man sagen,
liebevoll
Katzenkopfpflaster
zu legen,
allein dieser Versuch
lässt Hoffnung keimen,
dass das Menschliche
wieder sich regt
in unsern Gehirnen.

ES WAR EINMAL

***

UND WENN SIE NICHT

GESTORBEN

SIND

***

Märchen

Lasst ihn eintreten, den Wolf mit der mehlbestäubten Pfote, mit der sanften kreidigen Stimme; lasst ihn erzählen von der Qual seines leeren Weges, von den schrundigen Wunden an seinen Füßen, die das weiche Laub vermissen und wie er hechelnd sich durchbeißt durch tödliche Luft; lasst ihn erzählen von der Härte seines Daseins und der Hoffnungslosigkeit, die ihn umgibt. Kommt dann der Jäger, stellt seine Büchse bei euch ins Fenster, dann lasst ihn schnell sich verstecken den Wolf im Uhrgehäuse, schaut schuldlos den Jäger an, hofft, dass er bald weiterzieht und das ängstliche Pochen nicht hört, das ängstliche Pochen des Herzens im Wolf.

Von einem, der nicht auszog das Gruseln zu lernen.

Wer selbst heute noch
nur die müde Mark sieht,
die es zu verdienen gilt,
der wohnt nicht nur
hinter den sieben Bergen,
der ist boshafter
als die böse Stiefmutter,
der ist blutgieriger
als der grimmige Wolf,
und das Gruseln hat er
nie gelernt.
Gründlinge
gibts ja auch nicht mehr
und auch nicht die,
die sie ihm ins Bett kippt
 nachts - aus Liebe.

Weihnachtsgeschenk

Dieser Tag wird nie mehr
wiederkommen,
so nicht wie die
Erinnerung ihn festhält.
Nie wieder die Gestalten
E T A Hoffmanns im
Spiegel der Brille
meiner Großmutter.
Vor allem Anselmus
und die goldgrünen
Schlangen.
Beim Lesen stand der
Weihnachtsbaum
in meinem Rücken.
Meine Großmutter saß da
mit gefalteten Händen
auf der geflickten Schürze,
und meine Freunde gingen
ohne mich zum Weihnachtsball,
weil ich diese Stunden
kostbaren Glücks
nicht hergeben wollte
für die flotte Musik
einer Tanzkapelle
und den Stimmenschwall
an der Theke.

Wolken

Schafe weiden
die blauen
Himmelswiesen kahl,
lagern in dichten Gruppe
vor der Sonne,
schön weiß und flockig
und lassen diesen Tag
so unschuldig erscheinen.
Lammfromme Gefühle
tropfen ins Herz.
Lass sie durchsickern
und glaube einfach,
dass es noch Schönheit gibt.

Forstmann

Das ist kein
platter Optimismus,
das ist einfach
Glaube und Hoffnung:
Zu pflanzen,
zu pflegen,
zu planen,
Ernten vorzubereiten
für Ururenkel.

Ostern

Wenn du Birken lachen siehst
Wind schmecken kannst,
der Bach wieder flink wird,
wenn du vor Sonnenaufgang
aus dem Bett springst,
den irdenen Krug fasst,
zur Quelle eilst,
eingedenk der alten Sage,
dann wirst du vermutlich
nicht schöner und glücklicher,
auch nicht fröhlicher werden,
als du es ohnehin schon warst,
aber fühlen wirst du:
Das ist Ostern
und ist doch was Besonderes,
wenn man den Tag nicht
so gleichgültig beginnt.

Pfingsten

Ich schmücke meine
Erinnerung mit Birkengrün.
Fliege, Maikäfer, flieg.
Ich gehe morgens die
geharkten Wege zur Hecke.
Eigentlich wissen nur
die Vögel diesen Tag
so recht zu würdigen.
Auf den gepflegten Beeten
wächst der Fleiß meiner Eltern.
Leicht dahingesagt,
Große Bohnen mag ich nicht
und grünen Salat
bei dieser Fülle.
Ich schmücke meine
Erinnerung mit Birkengrün,
fliege, Maikäfer, flieg.

Aufbruchsstimmung

Voll Schwalbengezwitscher
die Luft.
Aufgeregt wie Mädchen
auf dem Ballsaal
tuscheln sie,
putzen ihre Rüschen
und Fracks,
proben Schwünge
und Stürze,
können gar nicht
genug erzählen
von künftigen Fahrten
und davon, dass sie bald
in südlichen Breiten
die Sonne einfangen
auf dem dunklen
Gefieder.

Märchenzeit

(Nach Hans Christian Andersen)

Solang Kröten zu
Mohnblumen werden,
Kettenhund und Schwalben
sich zu dir bekennen,
solang du aus Nesseln
Panzerhemden wirkst,
solang blüht in
unscheinbarem Winkel
die Blume Hoffnung.

O Schwester,
ich umarm dich
mit dem Schwanenflügel.

Der standhafte Zinnsoldat

Die Letzten
beißen die Hunde
oder sie müssen vorlieb
nehmen mit einem Bein.
Die Letzten werden
die Ersten sein, denn
wem wird schon
das Glück zuteil,
mit der Geliebten
zu einem Herzen
zu verschmelzen.

Für Helga

gestorben 7.2.1981

Wenn dieser Schmerz
Vergeltung für Leid ist,
muss ich dir sehr
weh getan haben.

Am Krankenbett I

Alle Gesten sind
abgefallen von dir,
alles Anerzogene,
alles Selbsterlernte,
übrig blieb
deine Menschlichkeit.

Jetzt erkenne
ich wieder,
was ich
liebte an dir.

Ich weine,
wenn ich dich sehe,
so auf das
Wesentliche reduziert,
auf das was bleibt,
uns bleibt,
mir bleibt
von dir.

II

Zieh die Gardinen zurück,
sagst du.
Ich möchte sehen wie es schneit.
Schneit es? fragst du.
Ja, sag ich,
die Welt wird rein und weiß und leis.
Da legst du deine
dünnen Hände
auf die Bettdecke,
schließt die Augen
und lächelst.

Helga I

Deine Seele floh.
Ich weiß, dass sie
zehn Billionen
Lichtjahre entfernt
ein Paradies gefunden hat.
Für eine Seele
keine große Strecke,
aber die notwendige
Entfernung, diese
Erde zu vergessen.

II

Es wäre verkehrt, wollte
ich dich suchen und hoffen,
dich wiederzufinden.
Es wäre verkehrt,
denn es hieße doch,
ich wollte dich
wieder herabziehen
in den Bannkreis der Erde,
wo du weiß Gott
genug gelitten hast.
Nein,
ich will die Hoffnung nähren,
dass das, was von dir geblieben
in leichteren Sphären schwebt,
obwohl ich weiß,
deine Liebe brächte es fertig,
sich noch einmal
in dieses Leben
kopfüber zu stürzen.

Auf dem Friedhof I

Ein Grab das es
zu besuchen gilt.
Stille Fürsprache
mit den Blumen,
die dir jetzt
näherstehn.
Auch die Fichten,
die still in den
Himmel sehn,
wissen mehr von dir.
Jetzt ist auch dein
Hund gestorben.
Wir bilden uns ein,
er und du und das
was man Seele nennt,
wieder vereint dort im Blau,
der eine des andern Freude,
bilden wir uns ein,
um wieder
lächeln zu können.

II

Am liebsten mittags,
wenn die Menschen
bei Tisch sitzen,
komm ich zu dir,
zupfe ein bisschen
Kraut, ordne einen Strauß,
bilde mir ein,
dir wieder ein
wenig nahe zu sein.

III

Habe heute gedacht,
als ich dir Blumen
brachte ans Grab,
was du wohl
immer dachtest,
wenn du Blumen
brachtest an das
Grab deines Vaters
und ob du es für
ihn tatest oder
für deine Mutter
und dich bedanken
wolltest für
die Zuflucht,
die sie endlich
gefunden
am Grab ihres Mannes.

IV

Ich habe davon gelesen,
dass, wenn jemand stirbt,
er gegenwärtiger wird
als er jemals war im Leben
und dass das Vergangene mit ihm
hell wird wie die Gegenwart.
Dies alles kann
sehr tröstlich sein,
natürlich auch schmerzlich,
denn jetzt begreift man
wieviel man versäumte.

V

Wenn nicht dieses
Protzen wär
mit kostspielig
geschmückten Gräbern.
Auf diese Art ist
Wiedergutmachung
auch nicht möglich.

Schön zu denken,
 träfe das Los mich,
irgendwo begraben zu sein,
an irgendeinem Feldrain,
Ein grauer Stein dann,
sonst nichts
und im nächsten Sommer
Disteln und Nesseln
und das Lied des Vergessens.

Keiner brauchte zu kommen
die zwei Quadratmeter Erde
zu pflegen, weil es sich so
gehört.

Totensonntag

Alles so hell geworden.
Kein Schatten mehr unter
den Bäumen.
Der Himmel kalt.
Tiefstehende Sonne
erreicht wieder
die Zimmer,
führt einen zurück
in die Geborgenheit,
gleitet langsam
die Tapeten entlang,
fällt auf Bilder,
macht Erinnerungen wach
und lässt die Trauer
groß werden über
so viel Abgelebtes.

Inhaltsverzeichnis

WENN EINER EINE REISE TUT 7
Urlaub 8
Urlaubsgruß an einen Freund 9
Brief 10
Im Biergarten morgens 11
Weite Fahrten 12
Rückkehr 13
Im Wald 14
Urlaubstag 15
Sonntagmorgen im Solling 16
Grabenstraße Holzminden 17

Wo Werra sich und Fulda küssen 19
Weserlied 20
Vor einer alten Kirche 21
Waldweg bei Rühle 22
Tag in Höxter 23
Auf dem Köterberg 24
Blick auf den Reinhardtswald 25
Kloster Bursfelde 26
Bursfelder Sommerkonzert 27
Musik im Bursfelder Kloster 28
Nachts in Bursfelde 29
Vor der Abreise 30
Im Bramwald 31
Bramburg 32
Wandertag 33
Blick auf Helmarshausen 34
Karlshafen 35
Im Antiquitätenladen 36
An der Weser 37
Hann. Münden 38
Mittag Hann. Münden 39
Tilly - Schanze / Hann. Münden 40
Schöner Anblick 41
Frage 42

Eiscafe im Bad Sooden 43
Aussichtsturm Allendorf 44
Allendorf / Werra 45
Allendorf..46
documenta 7 / Kassel 47
Urbana Kassel 48

ES WAR EINMAL …. 49
Märchen 50
Von einem, der nicht auszog das Gruseln zu lernen 51
Weihnachtsgeschenk 52
Wolken 53
Forstmann 53
Ostern 54
Pfingsten 55
Aufbruchsstimmung 56
Märchenzeit 57
  Die wilden Schwäne..57
  Der standhafte Zinnsoldat..57

Für Helga...58
Am Krankenbett I 59
  II 60
Helga I..61
  II 62
Auf dem Friedhof I...63
  II 64
  III..65
  IV..66
  V..67
Totensonntag...68

Karl-Otto Detlow, 1934 in Langelohe geboren, wuchs in einer dörflichen Umwelt auf, die von der Nähe Hamburgs wenig spürte. Er sprach bis zu seinem sechsten Lebensjahr Plattdeutsch und lernte das Hochdeutsche erst in der einklassigen Dorfschule. Nach dem Krieg fuhr er mit der Südstormarnschen Kreisbahn zum Schulbesuch nach Hamburg.

Das Dorf Langelohe, die einklassige Schule und die Südstormarnsche Kreisbahn gibt es heute nicht mehr. Aus Langelohe wurde Brunsbek, und die Bahn riss man 1952 ab.

Früh beschäftigte sich Karl-Otto Detlow mit Literatur. Er schrieb in den fünfziger Jahren Gedichte, Prosa und ein Drama. Einzelveröffentlichungen in Zeitungen folgten. Dann fraß ein kaufmännischer Beruf seine literarische Neigung auf.

Die stürmische Entwicklung nach dem Kriege, die Betroffenheit über viel menschliche Uneinsichtigkeit und die tödliche Krebskrankheit seiner Frau führten ihn wieder zur Literatur.

Er veröffentlichte zwei Gedichtbände:
1981: Einfach glauben, dass es noch Schönheit gibt.
1983: Ist immer noch stark, der Frühling. Beide Vergriffen.
Dann folgten zwei plattdeutsche Gedichtbände:
1988: De Asphalt wasst.
2012: Fleiten Deerns döögt nix.
Ausserdem Veröffentlichungen in den üblichen hiesigen Periodika.

***

In der Nordeutschen Reihe der tredition GmbH erschien von K.-O. Detlow der plattdeutsche Gedichtband „Fleiten Deerns döögt nix" in gleicher Ausstattung und zu gleichem Preis.

So wie in dem Band „Wo Werra sich und Fulda küssen" die Liebe zum Weserbergland Ausdruck findet, huldigt er in den „Fleiten Deerns" seiner plattdeutschen Muttersprache.